U0825936

目录

Ⅰ

Ⅱ

I

圆号

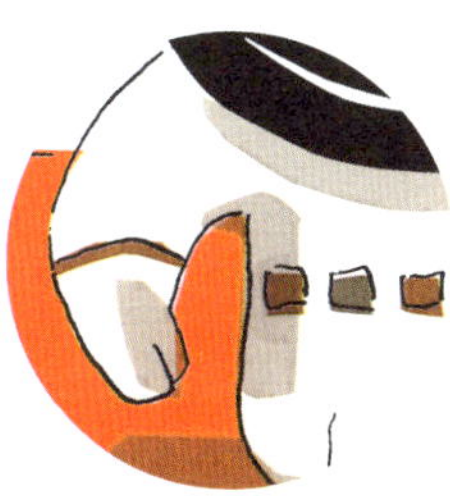

比如，有圆号这么个乐器，有以吹圆号为专门职业的人。作为大千世界的构成因素，或许这是理所当然的事。可是，一旦就此刨根问底，我的脑袋便顿时混乱不堪，乱得如立体式迷宫。

为什么乐器必须是圆号呢？

为什么他吹圆号而我没吹呢?

我觉得，较之一个人成为小说家，一个人成为圆号手这一行为里边所含的谜要难解得多。此谜若能破解，人生所有的谜都将水落石出。不过说到底，恐怕是因为我是小说家而不是圆号手，所以我才这样想。如果我是圆号手，没准会觉得一个人当小说家这一行为要奇妙得多。

某一天下午——我想象——他大概碰巧在密林深处遇上了圆号，天南海北闲聊之间甚感情投意合，于是他说自己是圆号手，圆号则向他讲起极有圆号色彩的身世——艰苦的少年岁月、复杂的家庭环境、相貌带来的自卑、性方面的苦恼，等等等等。

“手提琴和长笛俺是不大清楚。”也许圆号边用树枝剜地面边这样说道，“毕竟生来一直是圆号嘛！俺没去过外国，也没滑过雪……”

这么着，圆号和圆号手从这天下午开始成了一对再也分不开的好朋友。不久，通过《闪电舞》那样的常规性磨练，圆号和圆号手手拉手登上了美轮美奂的舞台，吹奏起了勃拉姆斯钢琴协奏曲开头第一乐章。

坐在音乐厅的椅子上，我脑海里蓦然冒出这样的念头。继而又想到可能正在另一座森林里等待着什么人通过的大号……

铅笔削〔或带来幸运的渡边升（一）〕

假如没有渡边升这个人，我难免仍在使用那个脏兮兮的铅笔削。由于渡边升的关系，我得到了一个光闪闪的新铅笔削。这样的幸运可不是随便碰得上的。

渡边升一进厨房，眼睛就盯住餐桌上我那个旧铅笔削。那天我为了换一下心情，正在厨房里写作来着，所以铅笔削才放在酱油壶和盐瓶之间。

渡边升一边修洗涤槽的排水管——他是上下水道方面的维修工——一边不时斜眼往餐桌上打量，目光一闪一闪的。但那时我还无由知道他是个狂热的铅笔削收藏者，搞不清他把锐利的视线投射在餐桌上到底兴趣何在——餐桌上乱七八糟地扔着种种物件。

“我说，您那铅笔削蛮不错嘛！”排水管修完，渡边升开口道。

“这个？”我愕然拿起桌上的铅笔削。这是我上初中时用的——一直用了二十多年——普普通通的手动式装置，与同类物相比无任何特色可言。金属部位已锈到一定程度，顶头还贴着铁臂阿童木标签。总之又旧又脏。

“那个嘛，是一九六三年产品，叫 MAX · PSD，相当珍贵。”渡边升说，“刀刃的对合方式和别的型号多少有些不同，所以削下的木屑形状也别具一格。”

“嗬。”我感叹道。

这么着，我得到了最新型号的新铅笔削，渡边升把一九六三年型 MAX · PSD（带阿童木标签）弄到了手。原来渡边升包里总是带着用来换旧的新铅笔削。重复一遍：这样的幸运在人生中可不是一再碰得上的。

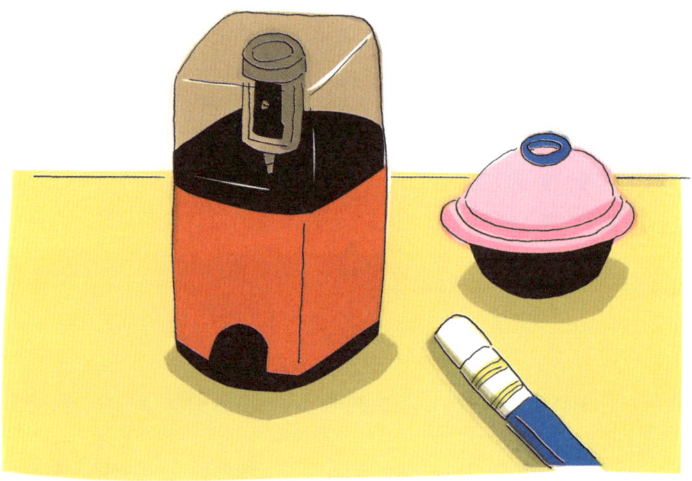

胡里奥·伊格莱西亚斯

蚊香被骗走后，再无任何手段能使自己免遭海龟袭击了。也曾尝试用电话或信函让邮购公司寄新蚊香过来，然而不出所料，电话线被切断，邮递半个月前就停止了。想来，狡猾的海龟不可能轻易网开一面的。那家伙以前不知为我们拥有的蚊香而吃了多少苦头，现在肯定在海底得意地窃笑着睡午觉，以便夜间出动。

“我们算是玩完了，”她说，“到晚上都要给海龟一口吃掉。”

“不可灰心丧气，”我说，“想想办法，哪能乖乖败在什么海龟手下呢！”

“可蚊香一根不剩地给海龟偷走了呀！”

“要尽可能从原理上思考——既然海龟讨厌蚊香，那么此

外就应该还有其他讨厌的什么。”

“比如说？”

“胡里奥·伊格莱西亚斯。”我说。

“何苦是胡里奥·伊格莱西亚斯？”

“不知道，心血来潮罢了。怕是直觉什么的吧。”

我凭直觉把胡里奥·伊格莱西亚斯的《开始吧开始！》放上组合音响唱机的唱盘，等待日落天黑。天一黑，海龟就会袭上门来。届时一切立见分晓：或我俩被吃，或海龟弹泪。

时近子夜，门口附近传来“啪喳啪喳”湿漉漉的脚步声。我赶紧把唱针提上唱片。胡里奥·伊格莱西亚斯以糖水般的嗓音唱起《开始吧开始！》，于是脚步声当即停止，转而传来海龟痛苦的呻吟。是的，我们战胜了海龟！

这天夜里，胡里奥·伊格莱西亚斯唱了一百二十六遍《开始吧开始！》。我还是讨厌胡里奥·伊格莱西亚斯，所幸的是没到讨厌海龟那个程度。

时间穿梭器①

[或带来幸运的渡边升（二）]

敲门声。

我把刚剥下的橘子皮放在被炉上，走去门口一看，原来是渡边升（上下水道维修工兼铅笔削收藏家）站在那里。

已经傍晚六点了，渡边升说道：“晚上好。”

“晚上好。”我闹不清怎么回事，“哦——，好像没请你来修什么呀。”

“啊，那是那是。今天登门是因为我有点小事相求——听说府上有个老式时间穿梭器，如果可以的话，想以新换旧……所以，特来拜访。”

时间穿梭器——我愕然地在脑袋里重复一遍，但脸上不动声色。“有的，”我若无其事地说，“想看？”

“嗯，如蒙出示……”

我把渡边升领进我那间四张半榻榻米大的房间，让他看了依然放着橘子皮的电被炉：“喏，时间穿梭器。”幽默感这玩意多多少少我也是有的。

然而渡边升没笑。他卷起被炉上的被，以一本正经的神情

---

① 时间穿梭器：幻想中自由往来穿梭于过去与未来世界中的飞行器。出自英国作家 H. G. Wells 的科幻小说《Time Machine》。

一圈圈地转动调温钮以确认刻度，分别拉了拉四条腿。

“绝品呐，这是。”他喟然叹道，“不得了！昭和四十六年型松下‘热乎乎’牌。用起来够舒服吧？”

“啊，倒也是。”我适当地应道。有一条腿摇摇晃晃，但热乎还是热乎的。

渡边升提出能否以新型时间穿梭器交换。“没问题，”我

答道。渡边升走出去，从停在门前的轻便货车上卸下仍在包装箱里的新被炉（或时间穿梭器），搬进我的房间，将松下“热乎乎”（或时间穿梭器）抱走。

“一再打扰，对不起。”说着，渡边升从驾驶席上挥挥手。我也挥手，之后折回房间，继续吃橘子。

炸肉丸

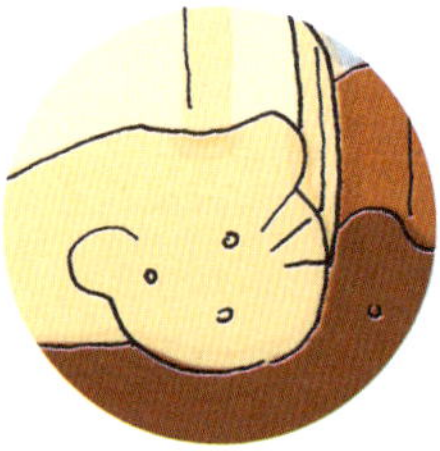

正在家写东西，一个女孩来访。十八九岁，蛮漂亮的，身穿绿色毛料风衣，一副犹犹豫豫的样子，在门口摆弄手袋的金属卡。

“我嘛——，送新年礼品来了。”女孩细声细气地说。

“啊，要印章啰？”我问。

“不，不是的。我本身是新年礼品。”

“真让人摸不着头脑。”

“呃——，就是、就是说，你喜欢上我是不可以的，毕竟只是新年礼品。K 社负责新年礼品的人叫我来的。”

“唔。”K 社是我给写过几次东西的大出版社。记起来了，一次喝醉的时候，对方问我新年礼物要什么，我答说“要年轻女孩”。但那当然是开玩笑，万万没有想到一流出版社会真来这么一手。“抱歉，现在忙得很，明天就到截稿期限了，没心思搞性活动。况且正在收尾，要是知道今天来，再抓紧点儿就好了。”

听我如此一说，女孩抽抽答答哭了起来。“那可怎么办好啊，我。当不成新年礼品，我这人可就什么都做不来了。连驾驶证也拿不到了。”

“是嘛。”

问题是女孩在门口一个劲儿抽泣不止，给左邻右舍看见不好。我只好请她进来，端上咖啡。

“既然性活动不成，其他有什么只管让我做好了。反正上头的人叫我足足服务两个小时。卡拉 OK 我可以，山茶的《可爱的艾丽》倒是挺够水平……”

“歌什么的就免了。”我慌忙制止。一唱起来，我就甭想工作了。

“那，炸肉丸吧，炸肉丸我最拿手不过。”

“这个要得。”我说。不管怎么说，炸肉丸我顶喜欢了。

扑克牌

胡里奥·伊格莱西亚斯的唱片磨光后，我们再无办法抵御海龟的攻击了。由于每晚每夜都持续放胡里奥·伊格莱西亚斯的《开始吧开始！》，我们才好歹把海龟从住处赶走。

“这下我们可完蛋了，”她说，“蚊香没了，胡里奥唱片也没了。”

“不不，肯定还有其他妙计可想。”我说。

“威利·涅尔逊或阿巴或理查德·克莱德曼怎么样？”

“怕不行吧？对付海龟唯独胡里奥有效。”这点我很清楚。

我独自走去海岸，从突起的岩石上往海里窥看。海龟一如往常蜷缩在海底静静午睡，为夜袭养精蓄锐。但是，无论我怎么俯视海龟，都没有新的退龟良策浮上心头。也是由于疲劳的缘故，想象力彻底卡壳了。

这回我们是真的完蛋了，我想。可是以成为海龟的美餐而了结此生，也实在太凄惨了。母亲听说后会怎么想呢？就这么一个宝贝儿子，弄来弄去却弄进了海龟肚里！

我们不再多想，只管吃最后一顿饭，不紧不慢地喝茶。这当儿，海龟来了。“啪喳啪喳”，脚步声越来越近，绕我们住所缓缓走了一圈。

“没命了！”她握住我的手。

“认命吧。短暂而快活的一生。”我说。

门“吱”的响了一声，海龟探头进来确认：房间里既无蚊香，又没放胡里奥·伊格莱西亚斯。海龟手里紧紧攥着一副扑克牌。

扑克牌？

从此以后，我们三个每晚都玩“51”。算不上多有意思，但总比被吃掉强百倍。再说我们毕竟也不情愿每晚都听胡里奥·伊格莱西亚斯。

报纸

地铁银座线有大马猴上蹿下跳一事传到耳中已有好几个月了。听朋友讲过几次他的体验，自己也亲眼见过。

然而，尽管马猴们如此大发淫威，却不见报纸有这方面的报道，警察也没有出动的迹象。倘若这是因为

报纸和警察都认为马猴的作祟“不足为虑”，那么作为我很想促其猛省。马猴们的活动范围时下固然仅限于地铁银座线的车厢之内，但无法保证火势不会延及丸之内线和半藏门线。而一旦延及，再想什么办法都为时晚矣。

我所目睹的其实还是程度较轻的“马猴作祟”。那是二月十五日即情人节翌日的事。我从表参道乘银座线赶往虎之门，旁边一个四十出头模样、穿戴考究的公司职员正在专心看《每日新闻》的晨报版，是一篇通讯：《美元的贬值能否给美国经济带来通货膨胀？》。我则一闪一闪地窥看一则新书广告：“减肥五公斤，人生大变样”。

列车快到赤坂见附时，车厢里的灯照例熄了，又马上闪亮。不料，当我目光再次落到《每日新闻》上时，那上面发生了明显变异：报纸上下颠倒过来了。

《美元的贬值能否给美国经济带来通货膨胀？》

《减肥五公斤，人生大变样》

“得得，又是马猴那家伙搞的鬼。”公司职员对我说，“莫名其妙，政府是干什么吃的！”

“是啊。”我随声附和。

这种事如果长此以往一直不变，也真个叫人伤透脑筋。

炸面圈化

交往三年且已订婚的恋人化为炸面圈，我们的关系因之磕磕碰碰那阵子——究竟又有谁能同炸面圈化了的恋人和睦相处呢——我每晚都在酒吧里醉得一塌糊涂，就像《黄金》里的亨弗莱·鲍嘉一样憔悴得形销骨立。

“哥哥，求你了，就别再想她

了，这样下去身体要报销的。”妹妹劝道，“你的心情可以理解，可是一旦炸面圈化，人是不可能复原的，要清清楚楚画上句号才行。是吧？”

此言不差。正如妹妹所说，一旦化为炸面圈，人就要永远炸面圈化下去。

我给恋人打电话，说了声再见。“和你分手是很难过，但

说到底是命该如此。一辈子都忘不了你的……”

“你还不明白？”炸面圈化的恋人开口了，“我们人这一存在的中心是无，什么也没有，是零。你怎么硬是不好好看清这个空白呢？为什么光看周边部分呢？”

为什么？发问的应该是我，为什么炸面圈化的人的看法只能如此偏激呢？

但不管怎样，我就这么同恋人分手了。两年前的事了。去年春天，这回妹妹又突如其来地炸面圈化了。从上智大学毕业，在日本航空公司工作没几天，就在出差地札幌的一家宾馆大厅里突然化作了炸面圈。母亲闷在家里日复一日哭泣不止。

我有时给妹妹打电话，问道“还好？”

“哥哥你还不明白？”炸面圈化的妹妹说，“我们人这一存在的中心……”

Antithese ①

去年九月声称去婆罗洲捕捉Antithese之后便再无音讯的伯父终于寄来一张明信片。明信片上的图案倒无足为奇，无非高架式民居加椰子树。只是，我这位伯父是有名的懒笔头，现在居然有信来，光这点就令人吃惊不小。

“万分遗憾，时下即使这里也找不到算得上大家伙的Antithese了。”伯父写道。字有些颤抖是因为在独木舟上写的关系。“土著人说已经好几年没见过八米长的Antithese了。上个月我捕到的全长不过五米二五，显然是中等个头。但照他们的说法，这甚至算是‘奇迹’了。简直哭笑不得。至于减少的原因，有人说是火山灰减少造成的，有人说地热变化的缘故，究竟如何不得而知。看这情形，大约最迟六月底要返回日本。”

我房间里挂有一张伯父的旧照片——他让土著人抬着十二米半长的Antithese，自己摆姿势站在前头。伯父发现这庞然大物是在一九六六年，已有正式记录说这是六十年代捕到的最大个头儿。当时正是伯父作为捕Antithses手干得最来劲儿的时候，从照片上也可以充分感受到他的踌躇满志。对于捕Antithese手来说，那是不妨称为“大航海时代”的幸福岁月。

---

① Antithese：德语，意为“对偶”、“对照”。

我们已经很难在法国餐馆里见到那活生生光鲜鲜的Antithese了，那就像用网球拍接天外陨石一样难。当然，Antithese现在也时不时出现在菜谱上，但那全是印度产的干巴巴索然无味的小Antithese，而且无疑是冷冻货。我伯父若看见这样的菜谱，估计他当场就会三下两下撕个稀巴烂。他的口头禅是：“大Antithese，有就有，没有就没有。”

鳗鱼

笠原 May 往我家打来电话是凌晨三点半，不用说，我正酣然大睡——正同鳗鱼和胶靴一起一头钻进天鹅绒般暄腾腾暖乎乎的睡沼中贪婪地吞食短暂而又实实在在的幸福果。这当儿电话打了进来。

叮铃铃，叮铃铃。

首先幸福果消失，继而鳗鱼和胶靴消失，最后泥沼消失，唯我剩了下来，唯独三十七岁的、每喝必醉的、不大招人喜爱的我赫然剩下。到底是谁有这权利，胆敢把鳗鱼和胶靴从我身旁抢走呢？

叮铃铃，叮铃铃。

“喂喂，”笠原 May 呼叫，“喂喂。”

“是我，喂喂。”我应道。

“我是笠原 May。半夜了，对不起。问题是蚂蚁又出动了，在厨房旁边的柱子上筑了个窝——从浴室被赶出来的这帮家伙今晚到这边筑窝来了。是的，全线转移，连圆滚滚白花花的婴儿模样的也搬来了。可不得了！所以嘛，快把喷雾器拿来。深更半夜的是不好意思，可我实在讨厌死蚂蚁了。这你知道的吧？”

我在黑暗中拼命摇头。笠原 May 究竟是谁？把鳗鱼从我头脑中夺走的笠原 May 到底是什么人？

我把这个疑问朝笠原 May 掷去。

“啊，抱歉抱歉，像是打错了。”笠原 May 像真是满怀歉意似的说道，“瞧我，给蚂蚁闹得昏头昏脑，毕竟蚂蚁是倾巢而出了。对不起。”

笠原 May 挂断电话，我随之放下听筒。蚂蚁在世界某处迁居移巢，笠原 May 向某人求助。

我叹口气蒙上被子，闭起眼睛，重新在睡沼中寻觅那些友好的鳗鱼们。

高山典子和我的性欲

在迄今为止的人生中，我曾同为数相当不少的女性并肩行走，但尚未发现比高山典子（二十五岁）行速更快的女性。她简直像在说自己“刚刚加完油”似的，轻轻松松地前后甩着双臂大步前行，样子甚是得意。稍离开一点看去，行走中的她活像加了一对透明翅膀的豉虫，走得流畅快捷，如雨过天晴的阳光一般乐不可支。

刚同她并肩行走时（我们从千驮谷小学前面开始，一直同行到青山一丁目），她的行速之快令我大为震惊，以至我猜想

此人怕是不乐意同我在一起，为了尽快摆脱我才快得如此异乎寻常的。或者，她是企图通过疾速行进来多少挫退我的性欲亦未可知（不过我对高山典子未曾动过性欲，因此有效与否难以判断）。

得知她的疾速并无他意而仅仅是因为她喜欢健步如飞，已是几个月后的事了。我在初冬的四谷站前发现她独自在混乱的人群中行走，而当时的她，仍然是以堪称蛮横的惊人快速，在这姑且以东京之名称呼的地表上，从甲处移往乙处。她右手紧握挎包皮带，听凭双排扣风衣的下摆迎风飘舞，雄赳赳地挺胸行进。

我往那边跨进五六步，刚要打招呼，不料她已远远离去，使得我活像《旅情》最后一幕中的罗萨诺·布拉慈一样傻愣愣地被丢在四谷站前。不过我还是非常高兴，因为我知道高山典子并未误解我的性欲。

章鱼

渡边升给我寄来一张画有章鱼的明信片。在章鱼画下面，他用那一贯的歪歪扭扭的字迹写了这么两句：

“听说小女日前在地铁中多蒙关照，十分感谢。过几天去吃章鱼吧！”

我看得吃了一惊，因为我外出旅

行了一段时间，差不多两个月没乘地铁了，记忆中根本不曾关照过渡边升的女儿，何况我连他有女儿这点都不知晓，大约是把别人错当成我了。

不过吃章鱼倒不坏。

我给渡边升回信，明信片上画了个斑鸫，下面写道：

“谢谢日前寄来的明信片。章鱼不坏，去吃就是。请月底再联系。”

然而，足足过了一个月，渡边升也没来联系。想必他又把此事忘个精光了。这一个月里，我馋章鱼馋得不行，因为想到反正要和渡边升一起去吃，一直按兵未动，而现在却空等了一场。

就在我开始忘记章鱼和渡边升的时候，他又来了一次明信片。这回画的是翻车鱼，下面有这样几行字：

“前几天的章鱼真够味道。小生也总算吃到了地地道道的章鱼，只是对您那天表明的想法略有异议。作为有一个花季女儿的父亲，无论如何都难以赞同您的性价值观。过几天边吃火锅边慢慢聊好了。”

得得，我暗暗叫苦。渡边升又张冠李戴了。

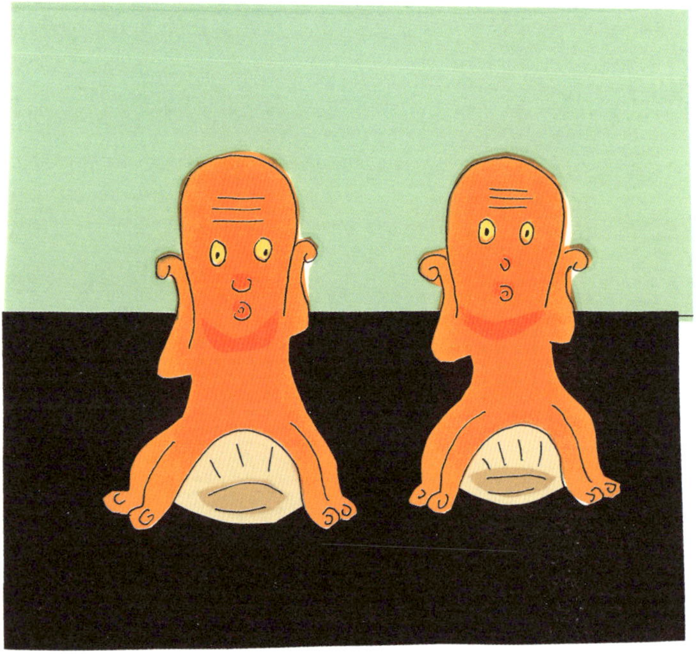

虫洼老人的袭击

“我是虫洼老人。”说罢，虫洼老人故意咳嗽一声。

“啊，久闻大名。”我应道。虫洼老人在这一带是家喻户晓的。

“恕我冒昧，今日想就年轻姑娘的处女性和您漫谈一下。”

“慢、慢着，我现在可是正准备

做晚饭，这个是不是改天……”我忙不迭地想把对方挡回去。然而虫洼老人雷厉风行地将半个身子挤进门来——他已看出我的意思了。

“不占用多少时间，您做您的饭也没关系。这地方边做饭边聊都不碍事。”

真没办法！我一边心里暗暗叫苦，一边拿菜刀咯噔咯噔地

切大蒜和茄子。他是从厨房门进来的，可见早就算好了。虫洼老人平时已相当糊涂，不料这种事情上却还是神机妙算。

“您做的是什么？”虫洼老人兴味盎然地问我。

“唔——，加茄子大蒜的意大利面条、扁豆色拉。”

“您的晚饭？”

“正是。”我晚饭吃什么关别人何事！想吃茄子就吃茄子，愿吃南瓜就来南瓜，如同年轻姑娘的处女性，犯不着给虫洼老人说三道四。本来恨不得这么道出口来，但转念一想，若得罪了虫洼老人，难保他不会在附近居民中胡说八道，于是只好耐住性子不作声。反正他说完自己想说的也就回去了。

从我吃意大利面和色拉到洗碗的时间里，虫洼老人一直在门口喋喋不休地大讲特讲处女性的重要性。嗓门十分之高，直到他回去之后，那声音仍在我耳朵里嗡嗡响。简直祸从天降。不过话说回来——我蓦地想到——时下还真不易找到处女了。

扳手

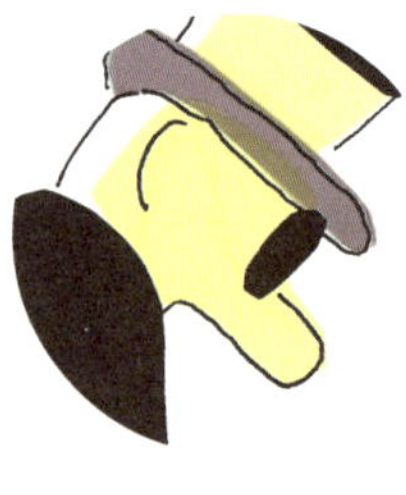

最先被真由美打碎锁骨的是一个开着带有赛车挡板的白色日产小汽车的年轻男子，姓名不晓得。星期日她在住处附近散步时，那人问去不去兜风，于是真由美便坐了上去。但到了江之岛附近，那男子硬要把她领进专供驾车游客使用的旅馆，她便抄起身旁的扳手，狠狠地朝对方肩头砸去。结果“咔嚓”一声，锁骨断了。

她扔下哼哼唧唧地痛苦呻吟的男子，跳下车往附近的小田急车站一路急奔，在自动售票机买票时才发觉自己右手还攥着一把大号扳手。周围人无不露出诧异的神情，左一眼右一眼打量她和她的扳手。理所当然。年轻漂亮的姑娘紧握一把扳手上电气列车，任谁都会丈二和尚摸不着头脑。

她装出无所谓的样子把扳手收进挎包，上车回家。

“自那以来我身边就一直带着这把扳手。”她说，“当然宴会什么的除外。”

“唔。”我若无其事地说，“那么，可有用武之地？”

“有的，”她一面对着后视镜补口红一面回答，“两次呢。一次在费尔雷迪，一次在塞勒瓦。嗳，怎么全是日产车呢？”

“而且全是锁骨？”

“是啊，锁骨最容易击中嘛。又不危及性命。”

我在心里“唔”了一声。被打碎锁骨肯定痛不可耐，一想都毛骨悚然。

“不过嘛，”她“咔”一声关上化妆盒，“世上该被打碎锁骨的家伙也是有的。”

“那、那怕也是的。”我附和道。

那、那怕也是的。

重提炸面圈

上智大学炸面圈研究会——如今的大学生也真能想入非非——打来电话，问我能否参加其学术报告会，以便就炸面圈的现状进行交流。可以呀，我答复说。提起炸面圈我也有一家之言，知识也好见识也好鉴赏也好，哪一项都远不至于输给那些大学生。

上智大学炸面圈研究会秋季联谊会租用新大谷饭店大厅举行。有乐队演奏，有炸面圈比赛。代替饭菜的茶点酒水上来之后，学术报告会在隔壁开始了。除我以外，出席的还有知名的文化人类学学者和烹饪评论家等。

我做了报告：“假如炸面圈在现代文学中有其作用力，那么它作为直接涉及验证下意识领域的某种个人化凝聚力的不可或缺的要素……”报告酬金五万日元。

我把五万日元揣进口袋转去另一家饭店的酒吧，同一个在炸面圈比赛上认识的法文专业女大学生一起喝搀汽水的伏特加。

“说起来，你的小说好也罢坏也罢，反正蛮有炸面圈意味。福楼拜怕是一次也没考虑过什么炸面圈。”

有可能。福楼拜大约不至于考虑什么炸面圈。但时下是二十世纪，眼看就是二十一世纪了。时至今日，再端出福楼拜来也不管用。

“炸面圈就是我。”我模仿福楼拜说。

“你这人真逗儿。”女大学生嗤嗤笑道。非我自吹，让法文专业女大学生笑出来，这方面我还是挺有两手的。

II

夜半蜘蛛猴

半夜两点我正伏案写作，蜘蛛猴撬窗进来了。

“喂喂，你是谁？”我问。

“喂喂，你是谁？”蜘蛛猴说。

“不要鹦鹉学舌！”

“不要鹦鹉学舌！”蜘蛛猴同样来了一句。

“不要鹦鹉学舌么！”我也鹦鹉学舌道。

“不要鹦鹉学舌么！”蜘蛛猴模仿得惟妙惟肖。

糟糕透顶！给夜半蜘蛛猴这个模仿狂缠上，可就没个完了。得找时机把这家伙甩掉才是，有篇东西无论如何得在天亮前赶出来，不容我这么胡闹下去。

“黑泡哭拉西吗加特无鸭、苦里尼家麻思咪哇叩鲁、啪口啪口。”我说得飞快。

“黑泡哭拉西吗加特无鸭、苦里尼家麻思咪哇叩鲁、啪口啪口。”蜘蛛猴毫不示弱。

我不过顺口胡诌，也不能判断蜘蛛猴是否一字不差。无聊的名堂。

“算了吧！”我说。

“算了吧！”蜘蛛猴道。

“不对，我刚才是用平假名说的。”

“不对，我刚才是用比良假名说的①。”

“字不一样！”

“时间不一样！②”

---

① 日语中“平假名”和“比良假名”发音相同。

② 日语中“字”和“时间”发音相同。以上四句对话都是形容蜘蛛猴的学舌。

我喟叹一声。无论说什么对蜘蛛猴都不管用。我再不出声，继续默默写作。不料我刚按下文字处理机的键，蜘蛛猴便一声不吭地按下复写键，砰！算了吧。算了吧。

很久以前为国分寺爵士乐酒吧写的广告词

休怪我一开始就泼冷水——这里并非不分男女老少都可以光临的那种酒吧。尤其是夏天多少存在问题。冷气装置不怎么制冷。倒不是完全不制冷，靠近冷风出口那里还是相当冷的，可是稍离开一点儿就全然吹不到。也可能机器本身有结构性问题。

更新或许不失为良策，但事情没那么简单。

酒吧里放音乐。如果您不是爵士乐迷，音量难免使您不快。相反若您是个狂热的爵士乐迷，势必嫌音量不够大。而无论您属于哪一类，都请不要指责店主。这便是“任凭谁都不能使所有人满意”的一个绝好例子。约翰·科尔特伦的唱片基本没有，但斯坦·盖茨的唱片绰绰有余。基思·贾雷特的唱片踪影皆无，但克劳德·威廉森逊的唱片一张不缺。请别为这个找

店主吵闹不休，事情原本如此。

每星期举办一次现场演奏。年轻的音乐家们为不多的酬金而使出浑身解数。钢琴为廉价的竖式，调音上也多少有点跑调。演奏质量也参差不齐，不够一气呵成，不够激情澎湃，唯独音量总是震天价响，作为同恋人卿卿我我的背景音乐怕是不大合适。

店主虽不至于沉默寡言，但实在话语不多。或者仅仅因为不擅辞令亦未可知。得闲时便坐在吧台里看书。说实在的，四年后他心血来潮地写了篇小说，还拿了个文学期刊的新人奖。不过这一点谁都看不出来，本人也稀里糊涂，大概以为自己将作为国分寺这家爵士乐酒吧的主人，在每天听自己中意的音乐的时间里静静地了此一生。世上的事也真是捉摸不透。

总之现在是下午二时，正在放《伦敦屋子的比利·泰勒》。不是什么令人叫绝的演奏，但主人较为欣赏它。请别因此责备他才好。

马售票的世界

五月七日（星期五）

我问爸爸：“嗳，爸爸，人死了去什么地方？”以前就对这点相当耿耿于怀。爸爸想了好一阵子，说：“人死了，到马售票的世界里去。从马手里买票乘上电车，在电车里吃盒饭。盒饭里有鱼糕筒、海带卷、甘蓝

丝。”我就此想了一会儿，但弄不明白为什么死后非吃鱼糕筒和海带卷和甘蓝丝不可。去年奶奶死时大家吃的是特级寿司，而死后却必须吃鱼糕筒和海带卷和甘蓝丝，这是为什么呢？我觉得这不公平。我这么一说，爸爸说道：“人死了，不知什么缘故，就是想吃鱼糕筒、海带卷和甘蓝丝。奈何不得的。”

“往下怎么办呢？吃完盒饭之后？”我问。

“电车开到终点站，你就要从车上下来，再从另一匹马手里买另一张票乘另一班电车。”爸爸说。

“那就还要吃鱼糕筒海带卷甘蓝丝盒饭喽？”我忍不住叫了起来。我再也不想见到什么鱼糕筒什么海带卷什么甘蓝丝！“岂有此理！我才不吃那玩意儿呢！”我对父亲翻了下眼皮说。

这一来，父亲直瞪瞪地看着我。这回已不再是爸爸，而是马了。马爸爸手里拿着一张票。“嘿嘿嘿嘿，任性不得的哟！你要从我这里买票上电车，要没完没了无休无止地吃鱼糕筒吃海带卷吃甘蓝丝。嘿嘿嘿嘿。”

我吓得不行，哇哇哭了起来。不一会儿，爸爸又从马变回爸爸，用温柔的声音对我说：“莫哭莫哭，这就领你去吃麦当劳汉堡包。”我这才止住了哭声。

曼谷奇闻

“喂喂，是57211251吗？”女子的语声。

“是的，是57211251。”

“恕我冒昧，本来想给57211252打电话来着。”

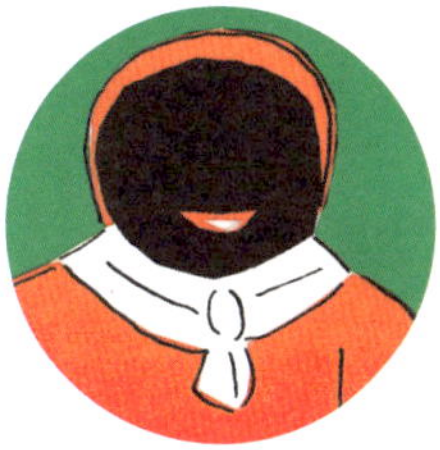

“啊。”

“一大早就打，打了三十几次，

可就是没有人接。呃——，也许外出旅行去了吧。”

“那么？”我问。

“那么，您就好比邻居，所以试着打了打57211251。”

“哦。”

女子小声清了清嗓子。“我昨晚刚从曼谷回来。曼谷出了一件非常非常不得了的事，难以置信的事，昏天黑地天昏地黑

的事。原计划在那边待一星期，结果三天就回来了。我想说说这个，就一个劲儿给 1252 打电话。不对谁一吐为快就怎么也睡不着，可又不能随随便便跟谁都说。这么着，心想没准 1251 的人会听我说一说。”

“是这样。”

“说实话，我以为接电话的会是女人呢。若是女人，话就容易说了。”

“抱歉。”我说。

“您多大年纪？”

“上个月满三十七。”

“唔，原来三十七。觉得会更年轻些来着。对不起，瞧我说的什么。”

“啊，没关系的。”

“请别见怪。”她说，“我再试试 57211253。再见。”

我到底也没能搞清曼谷发生了什么。

啤酒

拜小姐真名叫岛山恭子。因为每次从作者手里接稿件时都必如叩拜一般深深鞠躬说“拜接尊稿不胜感谢”，所以编辑部的人皆称其为拜小姐。岛山二十六岁，是个极够档次的美貌女性，独身，东京学艺大学国文专业毕业，进出版社快四年了。胸部丰满，喜欢穿喇叭裙，有时穿的衣服可以使她深鞠躬时一晃闪出双峰，以致作家们给她求稿时无不痛快应允。总编对她很满意：“那就是教养，就是家教。如今从大学出来的女孩，哪里找得到敬语用得那么地道的？！哪里找得到谈吐那么斯文的？！”

不过我晓得拜小姐的一点机密。一次我在星期日早上十点往拜小姐家里打电话。我也觉得星期日早上不合适，但由于必须尽快确认截稿日期，只好硬着头皮打过去。她母亲接起电话——拜小姐和她母亲一起住在小金井，我很客气地对她母亲说：“星期日一大早打电话实在不好意思，但由于工作上有急事，麻烦您请一下恭子小姐……”

“请稍等，这就去叫恭子。”她母亲也客客气气。

不料，少顷传来的是拜小姐一反平日的异常刺耳的尖叫。斗胆打个比方吧，声音就像被剥开两肋的皮肤再抹上一把盐的海狗发出来的。然而那确是拜小姐的语声无疑：“噢嗬嗬嗬啲，怎么搞怎么搞的，星期日一大早上！让人家好好睡个觉好不好？一塌糊涂！什么？电话？噢啲啲啲啲，是高尾吧？反正。等等，得先去厕所，对，厕所。叫他等着就行了么！昨晚啤酒喝过头了，那玩意儿胀鼓鼓的……哦，不是高尾？呃呃呃呃，是矢部，是那小子……不大好吧？没给人断断续续听

见了？”

不用说，我当即挂断电话。谢天谢地，总算没报出姓名。

拜小姐现在也毕恭毕敬地鞠躬接稿。有人甚至说她有贵族血统，每次我都佯装不闻，不置一词。

谚语

猴子？猴子掉下来了？不是说谎，真是猴子从树上掉下来了，我也吃了一惊。以为是什么呢，原来是猴子掉了下来。真是猴子，不折不扣，我一直看在眼里。起初以为不是，结果真是猴子。从哪里掉的呢？从树上，猴子脚一滑，吱溜溜

从树上掉下。看得一清二楚，竟有这等事。真真正正的猴子从真真正正的树上掉了下来，吱溜溜地。不是常说“猴子也会从树上掉下”么，真有其事，谚语所言不差。吓我一跳。古人就是不简单，说得真妙。“猴子也会从树上掉下”——话是怎么来的呢？想必是什么时候猴子真的脚一滑从树顶掉到地上。结果真有那样的事。谚语可小瞧不得。古人厉害啊，喏，什么都知道。我还怀疑“猴子也会从树上掉下”这句谚语来着，猴子当真会掉下树来不成？要是真从树上掉下，就给它训训话好了：“喂喂，你可得当心哟，谚语都说了‘猴子也会从树上掉下’！”谚语这东西，终归不过是比喻。不是么？你真能对掉下树的猴子那么说？那岂不惹猴子不高兴？反正我是说不出。不过谚语的确言之凿凿，猴子当真掉下，看得我瞠目结舌。对了，看过鸽子挨竹枪？我可看过，真的。上次我死盯着鸽子看，真的挨了一竹枪，不骗你，千真万确。吓得我来个倒仰。鸽子竟然躲不过竹枪，真是……

结构主义

敬启者

六本木那里的事请别问我。关于六本木一带，我确实没有任何情况可以奉告。因为一件什么事（不消说，没什么事我是不去什么六本木的），在地铁六本木站一下车我就开始心慌意乱，无论如何都想不起是神谷町的

那边是六本木，还是这边是六本木。不过，总算准确无误地在六本木下来了。带着不快的预感——今天怕也不成，肯定——战战兢兢拾阶走上地面。我调整呼吸，缓缓环视四周：那是三菱银行，那是……AMANDE，那是……但越想心里越混乱，混乱如同暗夜里的泥沼一般静悄悄地蔓延开去。我力图在脑袋

里编排地图，力图让自己镇定下来。然而，全然闹不清建筑物与建筑物的相互关系。哪边是俳优座，哪边是防卫厅，哪边是WAVE呢……

请你不要误解，我决非方向盲，不如说算是有方向感的，青山也好涩谷也好银座也好新宿也好，除六本木以外任何地方都一次也没迷过路。但要请你相信：单单六本木不成。在六本木一带，我绝对哪里都到达不了。原因自己也不清楚，反正就是不成。也许有什么特殊磁力严重干扰了我的神经，防卫厅在使用秘密电子装置进行奇怪的实验也有可能，或者六本木方面有什么刺激我潜意识里的什么而使前额叶的什么发生紊乱亦未可知。能想到的原因——六本木这地方让我如此心慌意乱的原因——无非这些。

所以，六本木的情况总之请不要问我。还有，关于结构主义也请别问。这方面我没有任何可以奉告的。

好了，请多多保重。

萝卜泥

骆驼汉一如往常地端着食盘踉踉跄跄走下地下室楼梯。依然那么丑，那么脏，或者不如说一天脏似一天，一日丑似一日。鼻涕啪嗒啪嗒地流淌，眼窝里一大粒一大粒眼屎，往前支起的牙齿黄乎乎残缺不全，耳垂脏得变了颜色，长长的头发上满是霉点，每走一步那白色粉末便纷纷落向四周，至于口臭更是臭不可闻。这种人端来的食物根本无法下咽。

我这么一说，骆驼汉往汤盘里“呸呸”吐了两口唾液，喜不自胜地说：“爱吃不吃！饿死也跟我不相干。反正你小子死定了，一码事。嘿嘿嘿嘿嘻嘻。”

一般情况下，一两个骆驼汉不是我的对手，问题是我的两只胳膊被粗铁链牢牢地绑在了墙上。骆驼汉从火炉里抽出一直放在火里的大烙铁，举起通红通红的尖头，喜滋滋地看个没完。

“哎嘿嘿嘿嘿，等主人回来，可就要好好疼爱你啰，花样多得很咧！我也帮忙，不可能三两下就结果了你，要慢慢花时间让你活受罪。不过最后难逃一死。打别人太太主意的、神明都不怕的畜生们都要尝尝厉害！”

如骆驼汉所说，地下室里刑具五花八门。有一根根夹碎指头的老虎钳，有灌凉水的漏斗和胶管，有破冰锥，有锻工钳，有带刺的鞭子。唱片架上有整套汤姆·琼斯和阿巴的唱片。

“我可没打这儿的太太的主意。”我说。随即订正道：“没打什么别人太太的主意！”骆驼汉的腔调——不知是哪里的方言——很快传染给了我。“我不就是只给太太倒了杯茶吗？”

骆驼汉嘀嘀笑罢，放了个响屁。“慢着慢着，休想瞒过

我，瞧你当时那色迷迷的眼神。你是一边给太太倒茶一边盘算如何口交来着！一看眼神我就知道，我没那么傻的。”

“胡说！那时我想的是晚饭上吃的萝卜泥。”我说。

“喏喏，和我说的岂非一码事？！”骆驼汉得意洋洋。

“喂喂，且慢，哪里和你说的是一码事？”我抗议道。

但骆驼汉不予理睬。“你要在这地下室里受尽折磨一点一点死去，哎嘿嘿嘿嘿。”

本来我想的只是萝卜泥！

录音电话

说起来，再没有比录音电话更让人心烦的了。所以，得知母亲在家里安装了录音电话，我特意跑去发牢骚。从我家去母亲家中途要换电车，得花一个多小时，可我实在咽不下这口气，只管找上门去。

我按响“花小金井蓝天公寓”三

楼母亲的房间的门铃。母亲不在，以母亲形象出现的录音电话代其把门打开。“我是66947984的鸟山，现在出门不在。请在信号音响过之后留言。”说罢，录音电话“叮铃”一声发出可爱的信号音。

我气得大吼大叫：“开哪家的玩笑，妈！我顶顶讨厌什么录音电话。不说别的，这形式本身就自以为是、强加于人。哪里会往这劳什子里留什么言！哼！”

不料，这录音电话越看越酷似母亲，从上年纪的程度到眼角细细的鱼尾纹，无不一模一样。于是我多少后悔自己话说得未免过分了。

“啊，倒不是对你个人有什么意见。”我压低嗓门，“我嘛，只是不大中意录音电话这东西本身，不是有意跟你过不去。不过向母亲发两句牢骚罢了。”

一副母亲模样的录音电话静静地摇头道：“没关系的，恭子，这你用不着介意。我们终究是录音电话，别人怎么想也好怎么说也罢，都是无可奈何的。”

“那么说就更不好意思了。”我说。感觉上就好像自己指责了作为后妻进门的继母。

“怎么样，特意跑来一趟，进来喝口茶什么的可好？还有别人送的虎屋羊羹呢。两人一起吃点儿好了！”录音电话劝道。

“好的好的。”我说。对羊羹我可是从不客气。

长筒袜

好么，请这样想象一下。

一个小房间。在大楼的三层或四层，从窗口可以望见别的楼。房间里一个人也没有。一个男子进来。年纪二十六七岁，面色苍白，未尝不可以说漂亮，但总的看来不容易给人留下印象。身材瘦削，个头一米七二左

右吧。

想象出来了么？

他拎一个黑色塑胶宽底包，“砰”一声放在房间正中的茶几上。看样子里面的东西很重。他拉开拉链，往外取东西。首先出来的是女人的黑长筒袜。不是连裤袜那种，是一分为二的老样式。一共出来一打。但他似乎对长筒袜毫无兴致，没正经

看就一条条扔到地板上。黑色高跟鞋也出来了，同样随手一扔。接下去是大个儿收录机。男子倒是看了两眼，但还是没表现出多大兴致，一并置于地板上。从表情上不难看出男子愈发焦躁。再往下出来的是五六盒香烟，HI—LITE 牌。他启封抽出一支，试着抽了抽，抽不上两三口便摇头，扔地上抬脚碾死。

这时电话突然响了，铃铃铃铃铃铃。他小心翼翼地拿起电话，以沉静的语气“喂喂”两声。对方说了什么。“不不，不对，”男人应道，“完全不是那么回事。我一没养猫二不吸烟，奶酪苏打饼干十来年没吃了。是的，福知山线的事与我无关，毫不相关。听清楚了么？”说完放好电话。

宽底包里出来还剩半盒的奶酪苏打饼干。继而又是长筒袜。这回他使劲拉着长筒袜，对着光细看，之后把手插进裤袋摸索，掏出袋里所有的零币，哗哗啦啦投进旁边的空花瓶。拉过的长筒袜也一起投入。

这当儿响起了敲门声：嗵嗵嗵嗵嗵嗵。男子把花瓶藏到房间角落，轻轻开门。门外站着一个打红色领结的小个子秃头男士，把卷起的报纸霍地往他胸前一捅，以生硬的声音开口了。

好，提个问题：

秃头男士到底开口说了什么？

请在十五秒内回答。嗑嗑嗑嗑嗑。

牛奶

你是来我这里买牛奶的吧？如何，猜中了吧？不不，不回答也可以，不言而喻嘛，这点儿事。毕竟我在这里卖了二十四年牛奶。眼看你从那边走来，心里一下子就明白了：啊，此人是想要牛奶，想喝牛奶，所以才特意一步一挪地走来。怎么样，

厉害吧？嘿嘿嘿嘿，毕竟二十四年一直卖牛奶了嘛。这点从远处一看脸就猜个正着。

不过有言在先，牛奶不能卖给你。嗯，是的是的，嘿嘿嘿嘿，牛奶不卖，不卖给你。哭着央求也好，金条堆成堆也好，总之牛奶是绝对不卖给你。你心里纳闷吧：为什么牛奶偏不

卖给自己呢？莫非自己干了什么坏事？嘿嘿嘿嘿，是这样想的吧？嗯？不不，坏事你一件也没干，压根儿没干。反正嘛，反正反正就是不想卖给你牛奶，如此而已。没什么道理，感觉罢了。嘿嘿嘿嘿，明白？

二十四年一直卖牛奶，自然知道对某一种人是不能卖给牛奶的。真的，不是说着玩儿。两三年也就是一两个吧，有还是有的，那种人。嘿嘿嘿嘿，倒是不可思议，不过只消看上一眼，就知道对此人卖不得牛奶，不能卖。就是有这种对象，嘿嘿嘿嘿。

噢，是的，是这样的。牛奶不能卖给你，绝对不能。嘿嘿嘿嘿。

好消息

晚上好，诸位，现在报告晚间新闻。作为特别策划，今晚只报告特好消息。坏消息是零。只管放心。清一色是温情脉脉其乐融融的好消息。

▲墨西哥巨型油轮“雪拉·马德莱号”今天凌晨时分因突然爆炸——原因不清楚——而不幸沉没。截至今

晚，一百二十名船员中已有三十五名近乎奇迹地获救。获救船员异口同声地感谢海上保安厅救援行动雷厉风行，令人赞叹不已。可谓不幸之幸，也就是说：既有人扔便有人捡。

▲上星期五用剪刀剪掉在东京都文京区音羽二丁目等绿灯的德岛芙惠的耳朵而逃跑的中学生被大冢警察署逮捕归案。中学生供认说：“由于那耳朵特大，便情不自禁地用随身带着的剪刀一下子剪掉了。感到非常抱歉。考试刚刚结束，许多事情都考虑不好。恶意是没有的。”芙惠表示：“我已经上了年纪，耳朵没一只也活得下去。而年轻人来日方长，就饶他一次吧。”也就是说：人世间总有善心人。

▲演员田代宽介（五十二岁）自杀未遂。今天下午二时许他在杉并区久我山自己家自己房间里吊起脖子时被他太太发现，送往急诊医院。幸亏发现及时，得以保全性命。据太太介绍，田代一个月前刚做完肠癌手术，为支付巨额医疗费用而心力交瘁，加之最近又为没得到合适角色而怏怏不快。附近的人

证实说，半年前独生子死于交通事故以来变得判若两人。医生说由于窒息状态持续过久，一部分大脑受损，即使恢复日后恐怕也很难开口讲话。但不管怎样，得救总是好事。也就是说：好死不如赖活着。

▲昨晚十一时左右，一个在青山三丁目寿司店用餐的男子付账时突然寻衅说：“这么便宜，存心小看我不成？”说罢

便大打出手，用伞尖刺倒上前解释的店主，拿铁锤砸烂玻璃餐柜，随即被火速赶来的赤坂警察署警察当场逮捕。男子名叫天野清吉，经营不动产。他说：“吃了满满一肚子贵东西，口袋里又是满满的钱，不料结账却那么便宜，不由得火冲头顶。”负责询问的警官也不胜感慨：“噢，倒是近来难得的好事，堪称美谈。”

但愿明天也有同样的绝好消息播放。晚安！

高效率竹马

星期日近午时分，我正在煮干萝卜条，高效率竹马来到我的住处。开门一看，高效率竹马直挺挺地站在那里，个子比我高出一个头。

“啊，料想您也知道，效率像我这么高的竹马，满世界再找不出第二个。”高效率竹马以挑战的口吻快嘴快舌地冲我说道。

我一惊，半天未能开口。“所谓高效率竹马，具体说来是怎么一种高法呢？”我终于问道。

“得得，看来你是没看过小林秀雄喽？”高效率竹马目瞪口呆地说得飞快，甚至还在水泥地板上咔嗒咔嗒跺脚。“小林秀雄的文章里有高效率竹马一词出现，你不知道不成？”

遗憾的是，小林秀雄的文章我一行也没看过。我从一所不很大的理工科大学毕业，在大田区政府从事土木工程设计。估计周围也没谁看过小林秀雄的书。听我这么如实一说，高效率竹马忿忿然用鼻子低低“哼”了一声，意思像是说再跟没看过小林秀雄文章的人说下去也是对牛弹琴。然而他无意离去。

“呃——，您到底有什么事呢？”我心惊胆战地问高效率竹马。说不定是来推销书什么的。但愿不是。明天发工资，现在囊中羞涩。

“哦，倒也不是有什么具体的事。”高效率竹马口气果断得出奇。“只是，我这么在走廊上咔嗒咔嗒地行走的时间里，突然想知道自己被世间理解到何种程度——‘高效率竹马是什么？’于是敲了你房间的门。”

我就自己的无知表示歉意。“不过请别过于失望，毕竟我不就是世间。”

高效率竹马从胸袋里掏出烟斗，在手心上砰砰磕了两三下，又装回胸袋。“对了，莫扎特 K421 是小调还是大调您知道吗？”高效率竹马问，似乎想再给我一次机会。

我说不知道。怎么可能知道呢！为设计新下水道一直从早忙到晚呢。

高效率竹马脸色铁青地指着我叫道：“喏喏喏，你活活就是世间！”说罢啪一声关门离去。我固然莫名其妙，但看情形事情再不能有进展，于是午间吃了热米饭和干萝卜条。

动物园

“嗳，公一郎，你真是个怪人，很怪很怪的人。”

“根本谈不上有什么怪，怪的不如说是你吧。作为一个人，我认为理所当然要思索自己身上的意识——使我之所以成为我的意识究竟是什么东西，它究竟有怎样的功能，究竟要把我带去什么地方。你难道就不思索这些？”

“噢呀噢呀噢呀。”

“什么啊，这噢呀噢呀噢呀？”

“只是吃惊嘛。噫嘻嘻嘻。”

“喂，须贺子，可不能拿这个开别人玩笑哟！人嘛，认真思索什么的时候也是有的。总像你那样玩世不恭游戏人生，马上就要触霉头的。”

“又来了又来了，你这个牛君！哦嗬嗬嗬嗬。”

“适可而止吧！别把手镯吊在鼻子下面，喂，求求你了，别在人前出洋相。乳罩一下子转到背上当骆驼也算了吧。喏，人家都朝这边看呢！”

“哼，不懂情调，你这人就是缺乏幽默感。星期日何苦来什么动物园幽会，来了何苦谈什么雅斯巴斯什么荣格！谈点有趣的嘛，谈点心花怒放的嘛！”

“听我说，须贺子，星期日的动物园这地方，能在生命与意识方面给我们许许多多启示。维持我们意识的最主要因素乃是记忆，而我们的意识为这些记忆的收藏方式和存取能力所限定、所区分。就是说……”

“嗳，公一郎，瞧，比目鱼！”

“行了行了，别忽地趴在地上嘛，脏！喂，好好站起来！那边小孩子在笑呢。你可都二十六了哟！有个大人样好

不好！”

“我说公一郎，”

“什么？”

“差不多该换换角色了吧？”

“好啊！”说着，我四肢着地跑了一圈。“嘿嘿，嘿嘿，我是马三太！谁个和我一起来！”

“算了吧，公一郎，别装疯卖傻了！”须贺子说。

印度咖喱商

印度咖喱商大约每两个月来我家一次。“印度人差不多该来了。”母亲每次这么一说，印度人简直就像听见了似的两三天后保准出现在门口。所以，我总是劝妈妈尽量别想起印度人，“你一想起，印度人肯定上门。”这时妈妈也反省道：“是啊，看来妈妈是不该想起来的。”然而转身就忘了，又脱口而出：“印度人差不多……”于是印度人准时上门。

印度人是个晒得黑黑的大嗓门老伯，肩上总是扛着沉甸甸的货物。年龄和父亲不相上下，但比父亲精神得多，眼睛瞪得像两只大独角仙，闪闪发亮地到处看。“这都是印度咖喱的关系。”老伯得意地对我说，“小少爷要是也好好吃印度咖喱，也会像伯伯这样成为强壮有力的大人，走上有坚定信念的人生道路。”

老伯的话对我来说太难了，听不太懂。和他说话的时间里，我总觉得心神不定，担心会因为什么挨他训斥。印度人还时常训斥妈妈。我心想这人也真够厉害，毕竟爸爸都难得训妈妈一句。

“太太，成问题啊，最近印度咖喱用少了吧？上次问你的时候，几乎没见少嘛！”印度咖喱商查看完餐具柜，叹息着对母亲说，“我不是常给你说么，这东西要接二连三地用，让它接二连三沁入身体，否则是出不来效果的。瞧小少爷好了——最近眼神没光亮了吧，浑浊浊无精打采的吧？这哪行啊！一看眼睛就知道，看眼睛就一目了然。印度咖喱用得少，分量不够。你能不疼爱孩子？疼爱的吧？那就要大用特用印度咖喱才行。”

“那么说倒也是的，可是……”妈妈慌忙辩解，“近来巴

厘商也来了，也是因为离得近，不能不给面子，再说我家也不那么宽裕。还是印度的好，这点我自是清清楚楚……”

“巴厘商！”印度咖喱商不屑一顾似的愈发加大了嗓门，“巴厘商么，太太，光是好看罢了，徒有其表。要论地道纯正，无论如何都数印度。首先品种就不一样，品种！”

这么着，母亲又买了一点儿印度咖喱。每次见了，我心里总是想，到底还是印度咖喱商厉害。

天花板上

妻说起天花板上面有小人居住是在元旦那天。“我说你，打开天花板看看里面好不好？”妻说。当时我正边看电视边舒舒服服地喝啤酒，突然给她这么来上一句，甚觉不快。

“小人小人，到底什么样的小人？”我不耐烦地问，“首先名字叫什么？”

“好像叫直美。”妻说。

“男还是女？”

“那我也不知道，”妻摇摇头，“只知道名字。”

无奈，我只好带上手电筒去天花板上查看。从壁橱最上一格可以爬上去。我移开一块木板，用手电筒往天花板上面照了一圈。没有什么小人。

“哪里有什么小人不小人么！”我向妻吼道。

“不不，直美肯定在那里，你只是看不见罢了，这我知道的。”

“你是累昏了头。吃点荷尔蒙什么的好好睡上一觉，到早上就会忘掉什么莫名其妙的小人了。”

然而妻全然忘不掉，老是喋喋不休地大讲天花板上的直美。“直美就在天花板上，总是从上面一动不动地观察我们。我俩的事直美没有不晓得的。”妻说。

给她这么一说，我渐渐有点害怕起来，于是再次拿手电筒往天花板上窥看。这次看出直美的样子来了。直美身高十二厘米左右，脸长得和妻一模一样，体形和小狗差不多。短尾巴斑纹狗。直美坐在那里定定地看我的脸。我见了略略吓一跳，但也不能临阵退缩。

“喂，你在那里搞什么名堂？这可是我家的天花板！在这

里胡来怎么成！出去，快出去，混账东西！”

直美目不转睛地看着我，一言不发。眼睛如小小的冰块一动不动。

我移回木板下来。喉咙渴得不得了，想啤酒喝。不料这里已不是我的家，没有电视，没有冰箱，没有妻，没有正月。

莫笑莫笑

星期日为甭瞧甭瞧做了一点好事，星期三莫笑莫笑登门致谢。“我说先生，日前您可帮了甭瞧甭瞧的大忙……”莫笑莫笑说。

“那点儿事不值一提。作为日本人不过是做了应该做的事。”我表现得较为谦虚。

“哎呀哎呀，瞧您说得也太见外了。别人倒也罢了，对甭瞧甭瞧用不着那么谦虚嘛。”说着，莫笑莫笑在我眼前摇团扇似的挥了挥手。“所以——也许您不喜欢这样——想送点礼物略表心意，恳请您愉快地收下才好。”

说罢，莫笑莫笑递给我一个纸袋。一看，里边装着雪茄雪茄。

“喂喂，我说你，这玩意儿无论如何我也不能收下。这不是雪茄雪茄吗？”

“怎么，讨厌雪茄雪茄？”莫笑莫笑问。

“不，当然不是说讨厌……”

“那不就可以了？先生。如果对收下有抵触情绪，那么暂且放在这里就是，等你喜欢上了再受用不迟。”

我是很有抵触情绪，但莫笑莫笑终归还是把装有雪茄雪茄的纸袋放在门口回去了。没合适地方放，只好把纸袋藏进壁橱深处。不管怎么说，这东西不宜放在门口。给老婆看见难免招致误解。就算说是莫笑莫笑送的礼，又有谁肯信呢？说起来，一开始装作不认识什么甭瞧甭瞧不理睬他就好了！正因为不自量力地大发慈悲，才弄得自己如此狼狈。

我实在别无良策，遂给甭瞧甭瞧打电话：“喂喂，刚才莫笑莫笑到家里来了，放下一袋雪茄雪茄，说要表表心意。伤脑筋啊！”

“那有什么，先生，不必介意。”甭瞧甭瞧说，“那是莫笑莫笑对付税务署的一个办法，反正总是送给一个人的，你就收下好了，只管收下。东西的确不错的哟！太太那边由我好好解释解释。不怕，叫你收下你就收下嘛。”

这么着，我现在每天都受用雪茄雪茄。实际用起来，果真出乎意料的好，看来还很难离开了。

大雨将至

这不是小说，实有其事。

近来我住在国分寺，一天乘电气列车去武藏小金井站前的“圣日耳曼昂莱”买面包。至于何以住在什么国分寺，又何以特意乘电气列车赶去武藏小金井买什么面包（其实仅仅一站），由于说起来话长，就免了。比

如我现在正在波士顿自己家里身穿“BANANA REPUBLIC”T恤，用大号杯喝着咖啡，一边听最近在TOWAR唱片店买的《鲍勃·迪伦精选集VOL.2》一边写这稿子。而若要从头解释我何以像一阵风吹来的树叶一样来到如此场所置身如此境况，很可能写出一本小书。不骗你，真能写出。“BANANA REPUBLIC”T恤一章，鲍勃·迪伦又一章……如此写将下去。至于这样的书有谁来看，我则设想不来。

所以就不予解释了，原本就是篇短稿。下面，请您仅仅想象一下我从国分寺独自乘电气列车去小金井买面包的形象。我还不到三十，头发长些，身穿在涩谷一家名叫BACKDROP的店里买的新潮STADIUM JAPAN（现在仍留着）。小说什么的还没有写。已婚，养三只猫。对议会制民主主义持怀疑态度，投票一次也没参加。《伍德斯特克》看了三遍。中央线电车为砖头色（果真是？），季节为秋季。即使负债累累，即使巨人队稳操胜券，秋天也还是美丽的。

不料，在武藏小金井站要出检票口时，猛然发觉自己弄丢了车票。上上下下怎么找也找不到，简直就像飞去太空了。或许你大吃一惊——就坐一站怎么能弄丢了票呢？也可能你无动于衷（弄丢车票在我也是常事）。反正问题是武藏小金井站的站务员根本不肯相信我是从国分寺来的。“弄丢车票的人全都说只坐了一站，伤透脑筋。”站务员活像面对着盘子里装满报

纸屑的晚饭，以极其厌恶的脸色对我说道。可是我确确实实只是从国分寺乘电气列车来买面包的。

自那以来近二十年的时间里，我遭遇了种种窝囊事，有时甚至难受得夜不成眠，好在差不多都忘光了，以后多半也将继续忘下去。比之那个令人心旷神怡的秋日早上在武藏小金井站不为人相信弄丢了只有一站距离的车票，任何事都不在话下了，哼！

说谎鬼妮科尔

说谎鬼妮科尔家住神宫前二丁目，时不时来我这里玩。也不知谁给取了这么个名字，总之附近的人都口口声声叫她说谎鬼妮科尔。虽叫妮科尔，但彻头彻尾是正宗日本人。至于缘何得此雅号，个中情由我不得而知。不管怎样，说谎鬼妮科尔的确名副其实，谎说得天衣无缝。哪怕你明明知道是谎话，也还是不觉之间受骗上当。一项十分了得的才能，我是死活做不来。

上个月她来我这里，说想告诉我——只告诉我——一个重大秘密。“说实话，我生来就有三个乳房。”她一本正经地讲开了。我心想一定说谎，毕竟对方是说谎鬼妮科尔。我也没那么好愚弄。

“嗬，那怕够受的吧。”我不动声色地应付一句。

“不是说谎的，”说谎鬼妮科尔抽抽答答地边哭边说，“真不是说谎，我是有三个乳房。一般人只有两个。”

“据我所知倒是那样。”说着，我往她胸部扫了一眼。隔着白衬衫看去，里边不像有三个乳房。

“第三个是小号。”说谎鬼解释说，“只在正中间有一点点，小乳头也像模像样长着，不是说谎。倒是不好意思，但在先生您面前我可以一袒无余。所以请出一万日元。”

虽说我一开始就认定是谎话，但对下一步究竟如何展开颇有兴致，再说一万日元尚可接受。两天前刚进来一笔整数稿费。

“可以的，真给我看就真出一万日元。”

“挺害羞的，关掉灯好么？”说着，她满脸飞红。

我关掉门厅的电灯。时值傍晚，有点暗了，但乳房是两个

还是三个还能看得真切。说谎鬼妮科尔慢慢解开衬衫扣，“刷”地敞开前胸又合上。果不其然，乳罩与乳罩之间看上去有个小小的隆起，不过说是贴上去的纸浆块儿也未尝不可。

“得再让我慢慢看清楚才行。这样子可不能出一万日元。”我抱怨道。

说谎鬼妮科尔突然倒在门厅里大哭起来：“啊，真不该相信什么小说家，我太傻了！把自己最怕羞的地方给人家看了，讲好的一万日元人家却不给。说谎鬼，说谎鬼！色鬼！无赖！”

不巧这时“黑猫大和”的特快专递员送东西来了，只好把一万日元给她。为这事在门口大吵大闹起来可吃不消。不过那东西是纸浆块儿，绝对。

火红的罂粟

差不多该给妈捶捶肩了，想着，我走到洒满阳光的檐廊。不料母亲不在，唯独火红的罂粟在院子里眉开眼笑。一个坐垫像被抛弃了似的孤零零地剩在那里。

“哈哈哈哈哈哈，”罂粟放声大笑，笑法就好像把个“哈”字排成一列依序逐个朗读一遍。

我大致四下找了找，母亲还是哪里都没有。

“妈——”我大声呼喊。但无回音。这时间里，罂粟仍然大笑不止。

“哈哈哈哈哈哈，”

“妈在哪里？”我站在檐廊上，面对火红的罂粟厉声问道。

可是罂粟并不回答，只管“哈哈哈哈哈哈”笑个不停。

“喂，你该知道妈在哪里的么！妈在檐廊里等我来捶肩，何况她腿脚不好，走不多远。你一直在那里，应当看见妈去了哪里。别傻笑个没完，快告诉我，我也忙着呢。”

“哈哈哈哈，”罂粟笑得更响了，“哈哈哈哈哈哈哈哈。”

“不会是你把妈吃了吧？”我担心起来。

“哈哈哈哈、哈哈哈、哈哈哈哈，”听我这么一说，罂粟愈发笑得前仰后合。

莫名其妙，到底有什么那么好笑。但在听罂粟笑声的时间里，我也渐渐觉得好笑起来，不知不觉地放松脸颊，透出笑声。

“你真把妈吃了不成？”我忍笑询问，旋即忍俊不禁，“哈哈哈哈”——我也像朗读“哈”字似的笑起来。我一笑，

罂粟笑得更厉害了。罂粟真个捧腹大笑，在那里打滚。罂粟气喘吁吁，额头冒出汗珠，但仍然一笑再笑。继而，罂粟笑抽筋了，一下一下地抽搐。接着肚子一扭，从口中吐出母亲。

“得得，全乱套了！”我说罢摇头。搔痒一向是我母亲的拿手戏。

关于半夜汽笛或故事的效用

女孩问男孩：“你喜欢我喜欢到什么程度？”

少年想了想，用沉静的声音说：“半夜汽笛那个程度。”

少女默默地等待下文——里面肯定有什么故事。

“一次，半夜突然醒来。”他开

始讲述，“确切时间不清楚，大约两三点吧，也就那个时间。什么时候并不重要，总之正是夜深时分，我完完全全孤单一人，身边谁也没有。好么，请你想象一下：四下漆黑一片，什么也看不见，什么也听不见，就连时针声都听不见，也可能钟停了。我忽然觉得自己正被隔离开来，远离自己认识的人，远离自己熟悉的场所，远得无法置信。在这广大世界上不为任何人爱，不为任何人理睬，不为任何人记起——我发现自己成了这样的存在。即使我就这么消失不见，恐怕也没有人察觉。那种心情，简直就像被塞进厚铁箱沉入深海底。由于气压的关系，心脏开始痛，痛得像要咔嗤咔嗤裂成两半。这滋味你可知道？”

少女点点头。想必她是知道的。

少年继续说道：“这大概是人活着的过程中所能体验到的最难以忍受的一种感觉。又伤心又难受，恨不得直接死掉算了。不不，不是这样，不是想死掉算了，而是假如放在那里不管，就真的死掉了，因为铁箱里的空气越来越稀薄了。这可不是什么比喻，是真的。这也就是深夜里孤单单醒来的含义。这你也明白？”

少女再次默默点头。少年停了一会儿。

“不过当时听见很远很远的地方有汽笛声，非常非常遥远。到底什么地方有铁路呢？莫名其妙。总之就那么远。声音

若有若无，但我知道那是火车的汽笛声，肯定是。黑暗中我竖耳细听，于是又一次听到了汽笛声。很快，我的心脏不再痛了，时针开始走动，铁箱朝海面慢慢浮升。而这都是因为那微弱的汽笛声的关系。汽笛声的确微弱，听见没听见都分不清。而我就像爱那汽笛一样爱你。”

少年的短小故事至此结束。这回少女开始讲她自己的故事。

附篇

清晨拉面之歌（配《天使的锤子》旋律）

面麻香喷喷，

烧肉黄晶晶，

清晨拉面喜盈盈，

汤气热腾腾，

大葱绿莹莹，

只要有拉面，

弟弟妹妹全高兴。

吃起来一连声，

面麻入口中，

清晨拉面喜盈盈，

我和你两人，

脸蛋红彤彤，

只要有拉面，

弟弟妹妹全高兴。

不吃白不吃，

吃完元气增，

今天同样兴冲冲，

紫菜吃了，

汤也喝了，

只要有拉面，

弟弟妹妹全高兴。

后记（其一）

村上春树

这本书里的短短篇（说法是有点怪，但想不出别的合适称呼），老实说，原本是用在杂志系列性广告上的。第一部分的作品用于J·普雷斯西装，第二部分用于派克自来水笔。但若问作品内容同西装和自来水笔是否有关，则可以说毫无关系。我只是随心所欲地写点类似短故事的东西，安西水丸君配上画，在旁边敷衍了事似地登上产品广告，如此而已。J · 普雷斯系列载于《MEN'S CLUB》，派克自来水笔系列登在《太阳》上。至于作为广告有多大程度的实际效果，我全然不得而知，且直冒冷汗。老实说，不大愿意去想。

这系列性广告最初的提案兼委托者是系井重里氏。他说："喂，随便写点短篇嘛。权当消遣，费不了什么事。"结果我一个月写一篇这样的东西，写了几年。活计十分有趣，以致几年后水丸君和我两人商定再来一次——这次是由派克自来水笔当广告主。所以，派克自来水笔系列用的还是原来的系井提案，只是换了媒体。或许有的读者以为每月都要写这短东西压力岂不很大（实际这么说的人倒是一位也没有），但坦率说来并没有什么。这是因为，连载这些系列短篇时我正集中精力写长篇，见缝插针写点短的反倒可以放松脑筋转换心情。而且说实话，我非常喜欢写这类几乎无意义的、很难说有什么用处的短小故事。话虽这么说，事实上我也还是抓耳挠腮绞尽脑汁的，并非只是懒洋洋躺在梨树下静等果实径自落到嘴里。是的，多半没有这样的事。

为广告写的作品数量其实还要多些，但编这本书的时候为校正整个基调去掉了八篇，新写了两篇。

同安西水丸君一起工作总是那么轻松愉快，正用得上那句英语——nice and easy。我同水丸君合作的时候很多，我总觉得他的画里有一种使旁边的文章增辉生色的东西。由于尺寸的关系，水丸君将这本书第一部分的插图全部重画了一遍。

最后的《清晨拉面之歌》，如果能给《天使的锤子》填上日语歌词该有多妙。为此我这个那个想了很久（全然记不起怎么会有那样的闲情逸致），勉强得出的结论是：恐怕只有用“面麻”才能押上If had a hammer（锤子）的韵。说老实话，我是不喜欢拉面那种食物的，从拉面馆门前走过都觉得不是滋味。却不知什么缘故，竟生拉硬扯似地写起了拉面之歌，怕也是前世因缘。倘您喜欢，只管谱曲哼唱就是。

《火红的罂粟》的意念来自童谣里的一节歌词：“快给妈妈捶肩吧……火红的罂粟嘻嘻笑……”从小我就一直想，罂粟花到底是什么表情，又怎么样笑呢？虽说我不至于因为多年疑念豁然开解而手舞足蹈……

这本书里所收的故事完全不存在原型人物，例如《炸肉丸》里出现的K出版社并非讲谈社，《说谎鬼妮科尔》同妮科尔服装厂家毫无关系，上智大学不存在——至少据我所知——炸面圈研究会，《虫洼老人的袭击》与神奈川县大矶町的老人福利院“虫洼老人之家”也全不相干。

最后，要向慨然允许再次使用提案的系井重里氏表示感谢。若无此提案，这一系列作品恐怕无由产生，因为我绝不至于主动地一股脑儿写出三四十篇这样的故事。连载时也得到系井事务所石井基博君的许多关照。

另外还要感谢从头至尾负责第二部分连载和此书编辑的、为此东奔西忙的O小姐即拜小姐——也许你不相信，不过确实与书中的同名人物无关。

一九九五年四月一日

后记（其二）

安西水丸

和村上春树君开始合作连载J·普雷斯广告已是很久以前的事了。工作地点也不是现在的南青山四丁目，而是五丁目。虽说是很久以前，但从五丁目搬来四丁目是大约四年前，也就是说，两人合作是那以前的事。

从五丁目的工作室能看见窗外邻

居家开满樱花的院子，春季可以一边工作一边看花。一边赏樱一边画J·普雷斯插图很是惬意。另外村上君这人出稿十分守时这点也令人释然，使我得以在最佳时间段画出。我的插图，说不花时间也不花时间。怎么说呢，如果时间节奏不对，就算是一根火柴的图案，画一百幅也不会中意。同样，整个通宵也未见得画出中意的作品。

这次，为出单行本而把J·普雷斯插图全部重画了一遍，这是因为做广告时的插图尺寸如筷子袋一样是横向而细细长长的，那个形状很难放进单行本。

这本书封套（纸壳箱）上的女性，其实在以前同村上君出的《象厂喜剧》的封底上也出现过。所到之处她都大受欢迎，再次请其出场也是由于这本书的美工藤本靖君的希望，只是这次让她戴上了耳环（出袖珍本时封面画新画了一幅——水丸）。

总之，村上君每次写的超短篇小说都令人兴味盎然。每次都像打开魔术盒，不知里边会出来什么，心里怦怦直跳。心跳之余，又觉得有点离奇好笑，随即按动脑海里的图像开关把它画在纸上。

这段时间村上君住在波士顿，每月照样有原稿寄来，感觉上就好像相互通信似的。

出这本书受到了很多人的关照，非常感谢。

一九九五年四月十日

图书在版编目(CIP)数据

夜半蜘蛛猴/(日)村上春树著;(日)安西水丸画;
林少华译.—上海:上海译文出版社,2011.12(2021.6重印)
ISBN 978-7-5327-5649-0

Ⅰ.①夜… Ⅱ.①村… ②安… ③林… Ⅲ.①短篇小
说-小说集-日本-现代 Ⅳ.①I313.45

中国版本图书馆CIP数据核字(2011)第220407号

夜半蜘蛛猴
文/村上春树 画/安西水丸 译/林少华
责任编辑/沈维藩 装帧设计/张志全工作室

上海译文出版社有限公司出版、发行
网址:www.yiwen.com.cn
200001 上海福建中路193号
上海文艺大一印刷有限公司 印刷

开本 890×1240 1/32 印张 4.75 字数 24,000
2011年12月第1版 2021年6月第3次印刷
印数:11,001-13,000册

ISBN 978-7-5327-5649-0/I·3319
定价:32.00元